美樹《みき》ちゃん
本の国へ行く

MARUO Kenichi
丸尾 健一

文芸社

良くかける君と良くぬれる君

どこまでも続く青空、ここちよい風が吹き、猫も気持ちよさそうに屋根の上で、ひなたぼっこをしている。

そんな日に、二階の部屋で本を読んでいる女の子は、本好きの美樹《みき》ちゃんだ。暖かい日差しが窓から入り、カーテンをゆらしながら吹きこんでくる風もここちよかった。いい陽気にさそわれて、美樹ちゃんは眠気《ねむけ》におそわれた、知らず知らずのうちにこっくりこっくりをはじめて、いつのまにか本を枕《まくら》に眠《ねむ》りだしたのだ。

どれくらいたった頃だろう、自分の名前を呼ぶ声と、肩《かた》をたたく者がいた。美樹ちゃんが眠《ねむ》そうな顔をあげてみると、部屋の中に二本の柱が立っているのが目に入った。一本は茶色で、もう一本は緑色をしていた。(だれだ、わたしの部屋にこんな大きな柱を持ちこんだのは?)そう思いながら下に目をやったときに、柱からなにかつき出ているものに気がついた。美樹ちゃんは目をパッチリと見開いた。見てみると、それが足であることに気がついて、おそるおそる上に目をやると、今度は腕《うで》のようなものがあり、その上には顔らしきものがあった。頭は一本がエンピツの形をしていて、もう一本は絵筆の形をしていた。

美樹ちゃんがおどろいた顔で見ていると、茶色のエンピツの形のものが動きだし、手を使いながらあいさつをするようにおじぎをし、美樹ちゃんに話しかけてきたのだ。

「こんにちは、美樹ちゃん。わたしはエンピツの〈良くかける〉です。横にいるのは絵筆の〈良くぬれる〉君です」

エンピツに紹介された絵筆が、美樹ちゃんに頭を下げながらあいさつをした。

美樹ちゃんはエンピツと絵筆の自己紹介《じこしょうかい》を受けたのだが、なんて言うべきかわからず、「こんにちは、はじめまして」と答えた。

おどろきっぱなしの美樹ちゃんだったが、気をとりなおして二人をよく見ると、なにか心配事があるようで、二人とも困った顔をしているように見えた。

「なにか、わたしに用があって来たの？　なんだか困っているように見えるけど。よかったら話を聞かせて」

二人は美樹ちゃんにそう言われて、ほっとした顔をして話しはじめた。

「わたしたちの国は、森と川と丘に囲まれた美しい国です。わたしたちはその森で本や絵を書きながら暮らしていたのですが、ある日、ナイフ王国の兵士たちがやってきて、わけも言わずに、わたしたちが大切にしている森や本や絵を、ことごとく破壊《はかい》して、引き裂《さ》いてしまっているのです」

悲しそうな顔で、そう良くかける君が話した。

美樹ちゃんはそれを聞いて、おどろきを感じた。美樹ちゃんにとって本は宝物であり、絵は心をなごませてくれるものなのだ。それらのものを、なんのためらいもなくこわしていくナイフ王国の兵士たちに、怒《いか》りを感じた。

「それに、わたしたちの仲間の頭にある、筆の毛やエンピツの芯《しん》を切り落として、本や絵を書けないようにしてしまっているのです」

良くぬれる君が、美樹ちゃんに訴《うった》えるような顔で言った。

「このままでは、わたしたちの国は、ほろんでしまいます」

落胆《らくたん》したように、良くかける君が話した。

美樹ちゃんは二人の話を聞き、また、二人のようすを見て、この人たちの国で大変なことが起こっていると感じた。しかし、（なぜわたしのところに、この二人はたずねてきたのだろう）と思った。そのわけをたずねてみたいと思った。

「なぜ、わたしのところに来たの。ただの女の子なのに。あなたたちの力になれそうにないと思うけど」

二人はそれを聞いて、強く否定《ひてい》するように手をふって、美樹ちゃんが思いもよらないことを話しはじめたのだ。二人の話では、美樹ちゃんは自分たちの国ではかなりの有名人だと言うのだ。

「えぇー？　わたしが有名人？　なにかのまちがいじゃないの」

美樹ちゃんは、おどろきの声をあげた。

二人は、とんでもないというような顔をして美樹ちゃんに答えた。

「いいえ、まちがいではありません。美樹ちゃんほど本や絵を愛している子はいません。スプリングヒルにすむ長老《ちょうろう》たちも、美樹ちゃんならきっと力を貸してくれるだろうと言っていました。だからぼくたちはここに来たのです」

と、二人は、声をそろえるように言ったのだ。

二人の話を聞いた美樹ちゃんは、あまりのことに、なんて言っていいのかわからなくなってしまった。たしかに二人を見ていると嘘《うそ》をついているようには見えなかったし、困っていることも本当だと思った。しかし、そうは言っても、自分に力があるわけではないし、二人の期待にそえるとは思えなかったので、それで正直に言ってみることにした。

「ごめんなさい。わたしがあなたたちの国でよく知られているとしても、わたしは見てのとおり、ふつうの女の子よ。あなたたちの国に行ったとしても、なにかの役に立つとは思えないけど」

二人は美樹ちゃんに断られたと知ると、この世の終わりかというような顔になって、必死で美樹ちゃんにたのみはじめた。

「どうかそんなことを言わずに、一度でいいですから、わたしたちの国に来てください」

良くかける君が悲愴《ひそう》な顔で言った。

「美樹ちゃんだけが、たよりなんてす。どうかわたしたちを見捨てないでください」

良くぬれる君がいまにも泣きだしそうな顔をしながら、美樹ちゃんにたのんだ。

二人にすがるようにたのみこまれた美樹ちゃんは、困りはててしまった。ここまで必死になっている二人を見て、とても断ることはできないと思った。もともと美樹ちゃんは、心優しく正義感の強い子なのだ。

「わかった。一緒に行くから、そんなに悲しい顔をしないで」

二人は美樹ちゃんの言葉を聞いて、安心したように息をはきだして、急に明るい顔になった。

「それで、どうすればあなたたちの国に行けるの？」

美樹ちゃんが聞くと、

「それは、わたしたちに任せてください。これから二人で、美樹ちゃんをわたしたちの国へお連れいたしますから」

良くかける君がそう言いながら、良くぬれる君と二人で美樹ちゃんをはさみこむと、腕《うで》をとって持ちあげた。

美樹ちゃんは（このあとどうなるのだろう）と思って待っていると、二人は美樹ちゃんを持ちあげたまま、天井《てんじょう》に向かって飛び跳《は》ねた。

美樹ちゃんは思わず声をあげたくなった。天井《てんじょう》をつき破ると思ったからだ。しかし、実際にはそうはならず、飛び跳《は》ねると同時に体が小さくなっていき、ある高さまで上がると、今度は机の上においてある本に向かってすごい勢《いきお》いで落ちはじめたのだ。

美樹ちゃんは、このままでは本の上に落ちると思って、本にぶつかる前に目をつぶって声を張りあげた。しかし、なんの衝撃《しょうげき》も起こらないので、不思議《ふしぎ》に思って目を開けてみると、そこは暗いトンネルの中だった。

美樹ちゃんは、良くかける君と良くぬれる君にはさまれたまま、ゆっくりとした速さで、らせんを描きながら下に向かっていった。

美しい本の国

トンネルの中はときどき、下の明るいところから、七色の光が放射状《ほうしゃじょう》に放たれていて、その光を見た美樹ちゃんは、思わず声を出した。

「うわー、なんて美しいの」

その光のすばらしさに我《われ》をわすれて、美樹ちゃんは見入ってしまった。

光の輪の中に入ったかと思うと、美樹ちゃんは、良くかける君と良くぬれる君と並んで地上に立っていた。

良くぬれる君が美樹ちゃんのほうを向きながら、「これが、わたしたちの国です」と言った。

美樹ちゃんが見まわすと、ゆるやかに流れる川と美しい森があって、鳥たちのさえずりや川の流れる音が、なにかの音楽を奏《かな》でているように聞こえてきた。

美樹ちゃんは森に向かって歩きだそうとしたのだが、「あっ、痛《いた》い」と言って立ち止まった。

「ああー、失敗した。靴《くつ》を履《は》いてこなかった」

と言いながら、靴下《くつした》についた小石を手ではたいた。

それを見た良くぬれる君が、なにかを思いだしたように美樹ちゃんに「待っててください」と言って、森の中に入っていった。しばらくしてもどってきた良くぬれる君の手には、木の皮でできた靴《くつ》がにぎられていた。

「これを履《は》いてみてください」

美樹ちゃんは受けとって、履《は》いてみた。なんの変哲《へんてつ》もない木の皮の靴《くつ》だが、足にぴったりとはまって、履《は》きごこちがよかった。

「ありがとう、良くぬれる君」

美樹ちゃんがお礼を言うと、

「よかった、気にいってくれて。木の皮を使っていろいろなものを作っている友だちがいるので、たのんでみたら、すぐに作ってくれたのです」

と、良くぬれる君が美樹ちゃんに言った。

「ありがとう。すてきな靴《くつ》も手に入ったし、これであなたたちの国をじっくりと見ることができるよ」

美樹ちゃんは、森に向かって歩きだした。そのあとを良くぬれる君と良くかける君がついていった。

この国の景色に感動しながら進んで行くと、美樹ちゃんは、森の中でなにかが動いていることに気づいた。

森の中で動いていたのはエンピツ君と絵筆君たちだった。彼らは新しい絵や本を作ったりしながら、森の中においてある絵や本を新しくとりかえたり、位置を変えたりしていたのだ。

美樹ちゃんは、エンピツ君の書いた本の前に立ってみた。本は美樹ちゃんの背丈《せたけ》くらいの大きさで、（一人でページをめくるのが大変そう）と思っていたら、ページが自動的に開いて、物語を読ませてくれた。その物語のおもしろいことと言ったら、今まで読んだ本の中で一番おもしろい本だと思った。

ほかにもいろいろな分野《ぶんや》の本があって、美樹ちゃんの興味《きょうみ》を引くものばかりで、絵本に描かれている絵や森に飾《かざ》られている絵は、美樹ちゃんの心を打って感動させた。

「ここってすてきなところだね。良くかける君も良くぬれる君も本や絵を書いたりするの？」

「ええ、ぼくたちも書きますよ」

良くかける君が答えた。

「あなたたちの作品も一度見てみたいな。ほかにもこんなところがあるの？」

美樹ちゃんがたずねると、

「ええ、ほかにもあったのですが、ナイフ王国の兵士たちによって破壊《はかい》されてしまい、いまではここと、スプリングヒルしか残っていません」

良くかける君が悲しそうな顔で答えた。

それを聞いて美樹ちゃんは、がっかりした気持ちになってしまった。さっき見た本や絵は心に感動や喜びをあたえるものばかりだった。そんなすばらしいものをこわしていく人たちの心が美樹ちゃんにはわからなかった。

美樹ちゃんがそんな思いをしているときに、一人の絵筆君がかけこんできて、大き

な声でさけんだ。

「ナイフ王国の兵士たちが来るぞ！　みんな、本や絵を持ってにげるんだ」

森の中で仕事をしていたエンピツ君や絵筆さんたちは、それを聞くとあわてて、よく手伝ってくれている森の妖精《ようせい》たちと一緒に本や絵をかつぐと、森の奥へとにげはじめた。

ナイフ王国の兵士たち

あたりは騒然《そうぜん》となって、良くかける君も良くぬれる君も声を限りに仲間たちにさけんでいた。

「早くにげるんだ！　持っていくことのできない本や絵はあきらめるんだ」

良くかける君が言い、

「スプリングヒルに行くんだ！　さあ、ぐずぐずしないで」

良くぬれる君も仲間にどなっていた。

美樹ちゃんはどうしていいのかわからず、まわりをきょろきょろと見ていると、向こうのほうから砂煙《すなけむり》をあげながら近づいてくる者たちがいた。

なにが来ているのかよく見ようと思って、高いところに上ってみた。そのとき、向かってくる一団の中からなにかが発射《はっしゃ》されて、近くの木につき刺《さ》さった。

飛んできたのはコの字型の鉄ワクで、それがつぎからつぎに飛んできて、にげようとしていたほかのエンピツ君や絵筆さんを木や地面に張りつけて、動けないようにしていった。

良くかける君と良くぬれる君が、美樹ちゃんのところにもどってきた。二人ともあわてているようすで、美樹ちゃんを高いところから降ろすと、安全な場所に連れていき、かくれてようすを見守ることにした。

美樹ちゃんが見つからないように顔を出してみると、森の中からオノの頭を持った者や、ハサミやナイフの頭を持った者たちが入ってきた。手当たりしだいに自分たちのハサミやナイフを使って残っていた本や絵を切りきざみながら、喜びを表すかのように奇声《きせい》をあげていた。オノの頭を持った者は、自分の頭についているオノがどれくらい良く切れるかを話しながら、仲間と競争するように木を切り倒していた。

美樹ちゃんは、さっきまで見たり読んだりしていた本や絵が、目の前で切りきざまれていく光景を見て、悲しくなった。そして、こんなことをする人たちを見て、腹立《はらだ》たしさを感じ、怒《いか》りをおぼえた。

ハサミ頭やナイフ頭たちは本や絵を切り終わると、今度は鉄ワクを打たれて動けなくなっていたエンピツ君や絵筆さんたちの芯《しん》や毛を切り落としはじめた。

それを見ていた良くかける君と良くぬれる君が、口に手を当てて悲鳴のような声をもらした。

「わたしたちはあれを切られると、死んだのと同じになってしまうのです。治るのに何十年もかかってしまい、その間、好きな本や絵を書けないで、廃人《はいじん》のように過ごすことになるのです」

良くぬれる君が悲愴《ひそう》な顔で言った。

一人の絵筆さんが、鉄ワクを外してにげだした。しかし、どこからともなく、また鉄ワクが飛んできて、絵筆さんを木に張りつけてしまった。

だれが飛ばしているのだろうと思って美樹ちゃんが見ると、四角い頭の兵士がいて、その頭から鉄ワクが打ちだされていた。

美樹ちゃんはそれを見て、ホチキスだと思った。

木に張りつけられた絵筆さんが、「切らないでくれ」と言って必死にたのんでいたが、ハサミ頭の兵士はおもしろそうに笑いながら絵筆さんの毛を切り落としたのだ。

それを見た美樹ちゃんは、怒《おこ》って、近くにあった石をとりあげた。良くぬれる君と良くかける君があわてて美樹ちゃんを止めようとしたのだが、美樹ちゃんは思い切り力をこめてハサミ頭に向かって投げつけた。

良くかける君と良くぬれる君は「うわー」と声をあげながら、飛んでいく石の行方《ゆくえ》を見つめた。石はみごとにハサミ頭の頭に命中して、当たったハサミ頭が怒《おこ》った顔で石の飛んできた方向をにらみつけた。

かくれていた良くぬれる君と良くかける君が、「どうしよう」と言いながらじたばたしていたが、美樹ちゃんはそんなことにはかまわずに立ちあがると、ナイフ王国の兵士たちに向かってどなった。

「あなたたち、もういいかげんにしなさい。弱い者たちをいじめてなにがおもしろいの。それに本や絵は大切にするものでしょう。本や絵を切るのをやめなさい」

兵士たちは、突然《とつぜん》出てきた美樹ちゃんを見て、「なんだ？」というような顔をしていた。

「おい、変なやつが出てきて、なんか、おれたちに文句を言っているぞ」

ハサミ頭が仲間に言うと、

「なんて言っているんだ？」

と、ナイフ頭が聞き返した。

「どうやら、おれたちのしていることを『やめろ』と言っているようだ」

ハサミ頭が答えると、ナイフ頭があきれた顔をしながら美樹ちゃんにどなり返した。

「おまえはバカか。おれたちは自分たちの持っている刃が、どれくらい切れるかを試すことによって喜びを感じているんだ。それをやめられるわけがないだろう」

それを聞いた美樹ちゃんは、おどろいた。たったそれだけの理由で、この人たちは

この国に来て乱暴《らんぼう》を働いているのだ。

話すのが面倒《めんどう》くさくなったハサミ頭が、仲間に言った。

「まあ、なんでもいいや。やつの頭の黒い毛を切りとって丸坊主《まるぼうず》にして、あんな口がきけないようにしてやろうじゃないか」

言われた仲間も「そうだ」とうなずくと、美樹ちゃんに向かって走りだした。ようすを見ていた良くかける君と良くぬれる君は、おどろいた声をあげて立ちあがった。

「美樹ちゃん、兵士たちが来ます。早くここからにげましょう」

と、良くかける君が言ったのだが、美樹ちゃんは「あんな人たちに負けるものですか」と言って、争う姿勢《しせい》を見せたのだ。

「うわー、そんなことを言っている場合じゃないですよ。ともかくにげるんです」

良くかける君と良くぬれる君は、後ろ向きに左右から美樹ちゃんをはさみこんで持ちあげると、兵士たちに文句を言い続けている美樹ちゃんにかまわずにげだした。

「あっ、まだほかにもかくれていたぞ。にがすな。つかまえろー!」

ハサミ頭がさけんだ。

三人の足を止めようと、ホチキス頭が鉄ワクを機関銃《きかんじゅう》のように撃《う》ちだした。

ダダダー。

良くかける君と良くぬれる君は「ひえー」とさけび声をあげながらも、飛んでくる鉄ワクを右に左にとかわしながら、二人で美樹ちゃんを持ち上げたまま、全速力で走った。

美樹ちゃんは二人に担《かつ》がれながら、後ろから来る兵士たちを見て思った。（あの人たちは話してもわかるような人たちではないのね。もしそうなら、良くかける君と良くぬれる君がこんなに苦労するはずがないもの）美樹ちゃんは二人に運ばれながら、そんなことを考えていたのだった。まったく、のんきなものだ。

美樹ちゃん、森の中をにげる

美樹ちゃんをかかえて走る二人は、必死だった。一生懸命《いっしょうけんめい》に走っているのだが、距離《きょり》がだんだんとちぢまってきたので、二人はいつ追いつかれるかと思ってはらはらしていたのだ。そのとき、仲間の呼ぶ声が聞こえてきた。

「おーい、こっちだ。良くかける君、こっちに早く来るんだ」

その声を聞いた二人は、迷わず呼び声のするほうに向かって走った。

二人は美樹ちゃんを担《かつ》いだまま、森の小道に入っていき、そこをつきぬけてにげようとしたのだ。そのあとを追ってきた兵士たちもその小道に入ってきた。

良くかける君と良くぬれる君が小道を通りぬけたとき、ナイフ王国の兵士たちに向かって、木につるされた太い丸太が何本も落とされたのだ。兵士たちは丸太をよけようとしたのだが、丸太は振《ふ》り子《こ》のように動いて、下にいた兵士たちにつぎつぎと当たっては吹き飛ばしていった。

良くかける君の仲間たちが仕かけたわなに、みごとに引っかかってしまった兵士たちは、丸太に打ち当たって飛ばされると、自分たちの頭にあるハサミやナイフが地面や木に刺《さ》さって、身動きがとれなくなったり、そのまま丸太に刺《さ》さったままふり回されたりしていた。

そのようすを後ろ向きに運ばれていた美樹ちゃんは見て、歓声《かんせい》をあげた。

「ねーねー見て、兵士たちが倒されていくよ」

美樹ちゃんが二人に言ったのだが、二人はうれしくないような顔をしながら、走ることをやめようとしなかった。

「どうしたの？　うれしくないの？」

美樹ちゃんが聞くと、

「あれは一時的に動きを止めることはできるんですけど、すぐに元にもどって、暴れだすんです」

と、良くぬれる君が答えた。

美樹ちゃんは話を聞いて（そうなんだ）と思った。（あの兵士たちは、ちょっとやそっとでは倒すことができないのだ。なにか有効《ゆうこう》な手段《しゅだん》を見つけてやらないと、映画に出てきたロボットみたいに、何度倒されても、また立ちあがって襲《おそ》ってくるのだ）と美樹ちゃんは思った。

走っていた二人が急に立ち止まって、あわてたように近くにあった茂みにかくれた。

美樹ちゃんが「どうしたの」と言いながら立とうとすると、二人がだめだと止めた。

「前から兵士が三人、来ているんです」

良くかける君が小さな声で言った。美樹ちゃんは「えっ」というような顔をしながら、用心深く前をのぞいてみた。たしかに三人の兵士がこちらに向かってきていた。

「おい　このへんで声がしなかったか」

ハサミ頭が言うと、

「さあ、おれにはなにも聞こえなかった」

と、ナイフ頭が答えた。

「にげだした三人をつかまえようと思って、さきまわりして来たのに、あの三人はどこに行ってしまったんだ」

ホチキス頭が不思議《ふしぎ》そうに言った。

「そのへんにかくれているかもしれないぞ」

ハサミ頭がそう言って、美樹ちゃんたちの近くにあった茂《しげ》みを切りはじめた。

まずいと思った美樹ちゃんたちは、這《は》うように静かに移動して、兵士たちから少し離《はな》れたところまで行き、かくれなおした。

「これからどうする？　このままだと見つかってしまいそうよ」

美樹ちゃんが兵士たちを見ながら二人に聞くと、二人ともいい考えがないというような顔をしていた。

「ねー、あの小道はどこに通じているの」

美樹ちゃんが、かくれているところから見える小道を指しながら二人にたずねた。

「ああ、あれですか。あの先は崖《がけ》になっていて、その下は池になっているんです」

良くぬれる君が答えた。

道の話が出たとき、良くかける君がなにかを思いだしたように笑ったので、美樹ちゃんが「なにがおかしいの」と聞くと、良くかける君が笑ったことを謝《あやま》りながら話した。

「少し前に、ぼくの仲間の一人が道をまちがえて、崖《がけ》から池に落ちたんです。池の底にはやわらかい土が堆積《たいせき》していて、その土に足がすっぽりとはまりこんでしまい、ぬけなくなって苦労したことを思いだしたのです。それで笑ってしまったのです」

「そうなんだ。そんなことがあったんだ……」

美樹ちゃんは納得したようにうなずいていたのだが、なにかを思いついたような顔になって、二人に「耳を貸して」と言って、なにかを話しはじめた。美樹ちゃんの話を聞いていた二人は、何度もうなずきながら、なるほどというような顔になっていた。

美樹ちゃんたちの反撃

ハサミ頭とナイフ頭は、三人がかくれていそうな茂《しげ》みを切り倒していったが、なにも出てこなかった。

「おい、ここにはいないんじゃないのか」

ホチキス頭が仲間に言うと、それを聞いたハサミ頭がホチキス頭をにらみつけながら、鼻を鳴らして言った。

「おれの感じでは彼らはここにいる。おまえも立っているだけじゃなく、少しはさがすのを手伝ったらどうなんだ」

「おれが立っているのは、やつらが出てきたときににがさないように張りつけるためだ」

ホチキス頭がそんなふうにハサミ頭に答えると、ハサミ頭は「そうかい、そうかい」とうるさそうに手をふり、また茂《しげ》みをさがしはじめようとした、そのとき、だれかがさけぶ声が聞こえてきた。

「ねー、あなたたち。そんなところでなにをさがしているの。もしかして、わたしをさがしているのかな？　それならわたし、そんなところにいないよ。わりとあなたたちって馬鹿《ばか》なのね。さあ、早くつかまえないと、またいなくなっちゃうよ」

と、小道の末端《まったん》に立って、美樹ちゃんがからかうように言った。

「あいつ、おれたちを馬鹿《ばか》にしやがって。そこにいろ！　とっつかまえて、その頭の毛を刈《か》りとってやる」

ハサミ頭が顔を真っ赤にして、怒《おこ》った声で美樹ちゃんにどなった。

三人の兵士は、美樹ちゃんの立っている小道に入ると、ものすごい勢《いきお》いで美樹ちゃんに近づいていった。美樹ちゃんはぎりぎりのところでわきに飛びのくと、良くかける君と良くぬれる君が近くにあったつるでロープを作り、小道のわきにある茂《しげ》みにかくれて、兵士たちに見えないようにしていたロープを引きあげた。

兵士たちは急に出てきたロープに気がついて、あわてて止まろうとしたのだが、スピードがついていたので止まることができず、もろに足をロープにとられて飛びあがると、小道をこえて、池に真《ま》っ逆《さか》さまになって落ちていった。ドボーンと音がして、水しぶきがあがった。

美樹ちゃんたちが下をのぞくと、兵士たちが足を水面に出してもがいていた。頭が池の底の土に食いこんでぬけずに、暴れていた。

「ゴボゴボー……頭がぬけない……クボゴボ……」

「ブク……だれか……ゴボー……引きあげて……ボゴゴボ」

「くっそー、おぼえてろ。ブクブク……」

三人の兵士はなにかをさけびながら、なんとか脱出《だっしゅつ》しようともがいていた。それを見た美樹ちゃんはガッツポーズをすると、良くかける君も良くぬれる君も笑顔になった。

美樹ちゃんは二人にふり向き、「さあ、いまのうちににげましょう」と言って走りだすと、良くぬれる君も良くかける君もうなずいて、そのあとを追っていった。

道を走りぬけて森の中に入り、しばらく進んでいくと、休憩《きゅうけい》するのにいい場所があったので、三人とも休むことにした。

ハァハァといっている息を整えるために、石に腰《こし》をおろした美樹ちゃんが、二人にこれからのことをたずねた。

「とりあえず、スプリングヒルに行こうと思っています。あそこが最後に残った場所ですから」

良くかける君が美樹ちゃんに答えた。

「でも、あの兵士たちを相手に、そこを守り切れるかな」

美樹ちゃんが心配そうな顔で言うと、

「たしかにむずかしいと思います。しかし、どんなことがあっても、あそこは守らないといけないのです」

良くかける君が自分に言い聞かせるように言った。

「そうね。あんなにすばらしい本や絵が切り裂《さ》かれていくなんて、考えただけでもいやだもんね」

美樹ちゃんはそう言って、ため息をついた。

「なにかわたしに力があればいいのにな。あの兵士たちに勝てる武器のようなものがあれば、本当に助かるんだけど」

美樹ちゃんはそんなことを言いながら、ポケットに手を入れた。すると、手に当たるものがあったのでとりだしてみた。それは、駄菓子屋《だがしや》さんで買った塩こんぶのお菓子だった。

「わたしの持っているものは、こんなもんか」

美樹ちゃんはこんぶを一枚とりだしてから、良くぬれる君と良くかける君にすすめたが、二人は「いいです」と言うように手をふったので、美樹ちゃんはとりだしていたこんぶを口の中に入れて、残りをポケットにもどした。

美樹ちゃんがこんぶを食べはじめたとき、良くぬれる君と良くかける君が悲鳴をあげて抱《だ》きつくと、ふるえだした。美樹ちゃんが後ろをふり向くと、そこには三人の兵士が恐ろしい顔で立っていた。

美樹ちゃんたち、兵士に見つかる

「こんなところで休んでいたのか」

ハサミ頭が言うと、

「さっきはよくもやってくれたな。たっぷりと礼をしてやるからな」

ナイフ頭が、美樹ちゃんたちをにらみつけながら言った。

「それで、だれからにするのだ？　この変なやつからはじめることにするか」

ホチキス頭が言いながら、美樹ちゃんを指さした。

「わたしは変なやつじゃないよ。わたしの名前は美樹よ。おぼえておきなさい」

美樹ちゃんが怒《おこ》ったように言い返した。

「うるさい。ごちゃごちゃ言いやがって。まず、おまえからやってやる」

ハサミ頭は、美樹ちゃんにそう言いながら手を伸ばしてきた。

美樹ちゃんはつかまる前にハサミ頭の手に飛びついて、その手を噛《か》んだ。

突然《とつぜん》のことに、ハサミ頭がおどろいたように手を引いた。べつに痛いわけではない。手は鉄でできているのだから。美樹ちゃんの行動にびっくりしたのだ。

美樹ちゃんは、鉄の手を噛《か》んで少し歯が痛かったが、ここで負けるわけにはいかないと思って、三人の兵士に言ってやった。

「さあ、いらっしゃい。どこからでもきなさい。また、噛《か》んであげるから」

ハサミ頭と美樹ちゃんのようすを見ていたホチキス頭とナイフ頭が、あきれ顔をしながらハサミ頭に言った。

「なんだ、なんだ。そんな変なやつにおどろかされるなんて。おまえ、案外《あんがい》と臆病《おくびょう》者《もの》なんだな」

「そんなにこわいのなら、おれがワクで張りつけてやってもいいぞ」

ハサミ頭は二人に馬鹿《ばか》にされて、顔を真っ赤にしながら二人にどなり返した。

「うるさい。だまれ。おまえたちも見てないで、さっさと仕事をしろ」

「ああ、わかった、わかった。おれがワクで三人を撃《う》ちつけてやるから、二人で毛と芯《しん》を切り落としてしまえ」

　ホチキス頭がそう言いながら、ワクの発射口《はっしゃぐち》を美樹ちゃんに向けた。美樹ちゃんは撃《う》たれてたまるかと考えて、野球のヘッドスライディングのようにして、ホチキス頭の足元をくぐりぬけると、ホチキス頭の背中に飛びついて頭に噛《か》みついた。

「あっ！　くっそ、なにをするんだ。下りろ」

　ホチキス頭は、美樹ちゃんを手でつかむと、背中から引きずり下ろした。

　美樹ちゃんは下ろされるときに、足で蹴《け》ったり手でたたいたりしたが、相手は平気な顔で美樹ちゃんを地面に押しつけて、ワクで止めようと、頭の発射《はっしゃ》ボタンを押した。

　ガチャンと音がしたが、ワクは飛びだしてこなかった。ホチキス頭が不思議《ふしぎ》そうな顔をしながら、もう一度ためしてみたが、結果は同じことだった。

　ホチキス頭は自分の頭でなにかが起こっていることに気づいて、仲間のほうに目を向けてたずねてみた。

「おい、おれの頭、どうなっているんだ」

聞かれたハサミ頭の顔には、おどろきと恐怖《きょうふ》が浮かんでいた。その顔を見たホチキス頭は、今度はナイフ頭に目をやった。

ナイフ頭の顔に同じものを見たとき、ホチキス頭は押さえていた美樹ちゃんを放すと、自分の頭を確かめるようにさわりはじめた。

美樹ちゃんは、ホチキス頭の頭部がみるみるうちに、赤く染まって錆《さ》びていくのをびっくりした顔で見ていた。もしかして自分が噛《か》んだことでこうなってしまったのかと思った。

ホチキス頭は、自分の頭が錆《さ》びだらけになっていることに気がつくと、気がくるったようにあわてだした。

仲間に助けを求めようとしたのだが、ハサミ頭もナイフ頭も恐《おそ》れるようににげた。

ホチキス頭はどうしていいのかわからずに走りまわりはじめた。

そのうちに動きが悪くなっていき、言葉も間延《まの》びしはじめて「たーすけてくれー」を最後に、走るような格好のまま動かなくなった。

ハサミ頭はホチキス頭のようすを見て、あることに気がついて、自分の手に目をやってみた。その手には赤い錆《さ》びが広がりはじめていたのだ。

「うわー、手が……。おまえが噛《か》んだからだな。くっそ、ゆるせん。その首を切り落としてやる」

ハサミ頭は怒《おこ》ってどなると、猛然《もうぜん》と美樹ちゃんに向かってつっこんできた。

それを見た美樹ちゃんは「うわー」と声をあげて、ハサミ頭のするどいハサミをかわしてにげだした。

ハサミ頭が「にげるな！」とさけぶと、美樹ちゃんは「にげないと切られてしまうでしょ」と言い返しながら、あちらこちらと走り、ハサミ頭の攻撃《こうげき》をかわしてにげまくった。

「ああー。このままでは美樹ちゃんが危ない。なんとか助けなければ」

良くかける君が心配そうな声を出した。

良くかける君と良くぬれる君が、美樹ちゃんを助けようとして動こうとしたのだが、ナイフ頭が二人をにらみつけて、殺気《さっき》に満ちた声をあげた。

「おまえら、少しでも動いてみろ、頭の芯《しん》や毛でなく、胴体を真っ二つにしてやるからな」

ナイフ頭の言葉に、良くかける君も良くぬれる君も「ああわわー」と声を出したきり、動くことができなくなった。

そうしているうちに、美樹ちゃんは木の側に追いつめられていった。

（なんとかしなければ）と思った美樹ちゃんは、足元に転がっている丸太に気がついた。荒い息をはきながら、ハサミ頭は勝利の笑みを浮かべながら言った。

「さあ、これまでだ。覚悟《かくご》しろ」

ハサミ頭はハサミを開くと、美樹ちゃんに飛びかかってきた。

美樹ちゃんはとっさに丸太を持ちあげると、ハサミ頭の開いたハサミの間に丸太を差しこんだ。

丸太を差しこまれたハサミ頭は、あわてて丸太をはずそうとしているときに、また、美樹ちゃんに刃を噛《か》まれてしまった。すでに体の半分は錆《さ》びが広がっていて、動きもにぶくなってきていたときに刃まで噛《か》まれてしまったハサミ頭は、パニックになって、美樹ちゃんから離《はな》れるとさけび声をあげた。

「うわー！　また噛《か》まれた！」

自分の頭のハサミがみるみるうちに錆《さ》びだらけになっていくのが感じられた。

「だれかー！　オイルを塗《ぬ》ってみがいてくれー」と言ったきり、動かなくなった。

美樹ちゃんは、ほーっと息をはいた。そうして動かなくなったハサミ頭とホチキス頭が、死んでしまったのかと心配して二人を見た。すると、目をキョロキョロと動かしていたので、生きていることがわかって、安心した。

二人とも錆《さ》びを落として、油をさしてみがけば、元にもどりそうだと美樹ちゃんは思った。

美樹ちゃんがそんなことを確認していると、ナイフ頭が突然《とつぜん》切りかかってきた。

「ひえー」と声をあげながらナイフをかわしたのだが、石に足をとられて転んでしまった。

美樹ちゃんが倒れたままふり向くと、ナイフ頭が再びナイフをふり落とそうとしていた。

美樹ちゃんは（今度はやられる）と思って、目をつぶって覚悟《かくご》した。

ナイフ頭がいまにも美樹ちゃんを切ろうとしているときに、良くかける君と良くぬれる君がかけよってきて、ナイフ頭を左右からはさむと、足と手をとって持ちあげ、大きな木に向かって走りだした。

「おい、こらー！　下ろせ。なにをする気だー」

ナイフ頭があわてたようにさけんだが、良くかける君と良くぬれる君も必死の顔で重いナイフ頭を両手で担《かつ》ぎあげたまま、全速力で走って、木につき刺《さ》してやったのだ。

木に深々と頭のナイフが食いこんでしまったナイフ頭は、動くことができずに、手と足を使って木からナイフをぬこうとした。だが、なかなかぬくことができずに、あせった。

突然《とつぜん》の変化の秘密《ひみつ》

良くぬれる君と良くかける君が、心配しながら美樹ちゃんのところにもどってきた。

「だいじょうぶですか、美樹ちゃん」

良くぬれる君がたずねた。

「うん、なんともない。二人とも助けてくれてありがとう」

「とんでもないですよ。助けてもらったのはこちらのほうです」

良くかける君が言った。

「でも、なんであの兵士たちはあんなになってしまったのですかね」

良くぬれる君が不思議《ふしぎ》そうに言った。

「わたしにもわからない。どうして錆《さ》びてしまったのかな。原因はあると思うけど……」

美樹ちゃんが（なぜだろう）と考えていると、自分の口の中にあるものに気がついた。汚いこととは思ったが、それを口の中からとりだした。

「もしかして、これが原因かもしれない」

美樹ちゃんはそんなことを言いながら、良くかける君と良くぬれる君に見せた。

美樹ちゃんの手ににぎられているこんぶを見て、良くぬれる君と良くかける君は美

しおこんぶ

樹ちゃんにたずねた。

「美樹ちゃん、これはなにでできているのですか」

「海に生えているこんぶからできているのよ」

美樹ちゃんが答えた。

「海ということは、これ、塩辛《しおから》いのですか」

「うん、そうよ。塩辛《しおから》いものよ」

「ということは、この塩分にやられて、あの兵士たちは錆《さ》びてしまったのですかね」

良くぬれる君が半信半疑《はんしんはんぎ》の顔で言った。

「そういうことになるよね。でも、これくらいの塩分で錆《さ》びてしまうなんて、おかしな話よね」

美樹ちゃんは、納得できないという顔で二人を見た。

「たしかにそうですね。でも、美樹ちゃんの世界ではなんでもない辛《から》さでも、ここではかなりの強さになるのかもしれませんよ。もしかしたら、数十倍の力があるのではないのですか」

良くかける君が美樹ちゃんに言った。

「そうなのかな……でも、まだよくわからないな。なにかで試してみないと、本当にこれが原因なのかはわからない」

美樹ちゃんの言葉に、良くかける君も良くぬれる君も考えこんでしまった。そうしてしばらくしてから、三人はなにかを思いついたように、ナイフ頭に目をやった。

一生懸命《いっしょうけんめい》に木から頭をぬこうとしていたナイフ頭は、三人の視線を感じて、動きを止めて三人を見返した。

「おまえら、なにを考えているんだ。もしかして、その変なものをおれにつけてみる気なのか」

三人はナイフ頭に聞かれてだまっていたのだが、そのうちに美樹ちゃんがすまなそうに近づいてきて、言った。

「ごめんなさい。美樹もやりたくはないのだけれど、試してみる必要があるの」

それを聞いたナイフ頭は、青くなってさけびはじめた。

「うわー！　やめろ！　やりたくないならするな！　やめてくれ。うわ、お願いだー。

やめてー」

ナイフ頭がわめいているうちに、美樹ちゃんがこんぶで刃にふれた。すると、刃に錆《さ》びがみるみるうちに浮きあがってきて、刃全体に広がりはじめた。

ナイフ頭はわめきながら、木から頭をぬこうとして満身の力を手足にこめた。

突然《とつぜん》、スポンと刃が木からぬけて、ナイフ頭は後ろ向きに飛んで、土にめりこむようにしりもちをついた。

「ああー！　体が錆《さ》びだらけになっている」

ナイフ頭は広がる錆《さ》びを見て、手足をばたばたさせていたが、そのうちに動きが悪くなっていき、最後は救いを求めるような顔で言った。

「お願いです……油を塗《ぬ》ってみがいてください」

美樹ちゃんはそのようすを見て少しかわいそうになったが、（しかし、ここはしっかりしないと）と思って、きっぱりとナイフ頭に言った。

「だめよ。さんざん悪いことをしてきたでしょう。しばらくの間、そうしていなさい」

それを聞いて、ナイフ頭やほかの二人もなんとも情けない顔になって、とほほ……

というような感じで　うなだれてしまった。

美樹ちゃんたち、作戦を立てる

これで、こんぶに力があることがわかったのだが、よく考えてみると、まさかすべての兵士を噛《か》んでまわるわけにはいかないことに三人は気がついた。

「どうしよう。まさかわたし一人で、できるわけないし、なにかいい考えないかな」

美樹ちゃんが良くぬれる君と良くかける君にたずねた。

良くかける君も良くぬれる君も、いい答えがないというような顔をして、困ってしまった。美樹ちゃんが噛《か》んでまわるのとは違う、なにか別の方法を考えないと、せっかくのこんぶも使えないと思った。

三人はいろいろと考えてみるのだったが、なかなかいい考えは浮かんでこなかった。

美樹ちゃんは手足を投げだして寝転《ねころ》がって、あきらめたように言い放った。

「ああ、なにも思いつかない。いっそのことこんぶを粉にしてばらまいてみようかな」

それを聞いた良くぬれる君が、なにかを思いついたように手をたたき、立ちあがった。

「なにかいい考えが浮かんだの？」

美樹ちゃんが良くぬれる君のようすを見てたずねた。

「ええ。こんぶを粉にしてばらまくで、思いついたことがあるのです」

「本当？　どういうふうにするの？」

美樹ちゃんが起きあがってたずねた。

「こんぶでふれただけであれだけの力があるのですから、これを小さく切って水に入れて薄《うす》めても、かなりの効果《こうか》があるかもしれないと思うのです」

良くぬれる君が答えた。

「それで、その水を兵士にかけるの？　でも、そんなにうまくかけられるかな」

美樹ちゃんが、だいじょうぶかな、というような顔で良くぬれる君を見た。

「それなら、いい方法がありますよ」

良くかける君が、二人の話を聞いてなにかを思いついたように言った。

「どうするの、良くかける君」

美樹ちゃんが聞き返した。

「絵を描くときによく手伝ってもらう、きりふきさんたちにたのんでみたらと考えたのです」

良くかける君が答えた。

「こんぶを小さく切って、きりふきさんの頭のタンクに入れて、兵士たちに吹きかけたらうまくいくかも、と思ったのです」

「それはいい考えだ。正確にまんべんなく兵士たちにかけることができる」

良くぬれる君も納得したように手をたたいた。

「それなら、きりふきさんたちにたのみに行きましょう」

美樹ちゃんが立ちあがって、良くかける君と良くぬれる君をせかせるように行こうとすると、良くぬれる君が美樹ちゃんを止めた。

「きりふきさんたちのところへは、わたしが行きます。美樹ちゃんと良くかける君は、スプリングヒルに行ってください。兵士たちが来る前に入口の守りを固めないといけないと思うのです」

「たしかにそうだ。あの谷をぬけられたら、スプリングヒルは終わりだ」

良くかける君が、心配そうな顔で言った。

「わかった。わたしと良くかける君はスプリングヒルに向かうから、良くぬれる君も気をつけてきりふきさんたちを連れてきてね」

美樹ちゃんと良くかける君は、良くぬれる君と別れると、スプリングヒルに向かった。

スプリングヒルの守り

美樹ちゃんと良くかける君は、スプリングヒルの入口の谷間に着くと、さっそく仲間たちと連結をとって、谷の守りをはじめた。

谷はゆるやかなU《ユー》字形で、その稜線《りょうせん》に陣《じん》をかまえて、兵士たちを迎《むか》え撃《う》つ準備を整えた。あとは、良くぬれる君を待つだけとなった。

「この谷間、もう少し険《けわ》しかったらいいのに」

美樹ちゃんが左右の稜線《りょうせん》を見ながら、心配そうな顔で言うと、良くかける君も「たしかに」というようにうなずいた。谷はゆるやかな傾斜《けいしゃ》で、兵士たちは歩いて登ってこられる。

「それにしても良くぬれる君はおそいね、まだ来ないのかな。もしかして、きりふきさんたちの場所がわからないってことはないよね？」

美樹ちゃんが、良くかける君にたずねるように聞いた。

「それはないと思います。良くぬれる君は、きりふきさんたちのことはよく知っていますから」

良くかける君が、美樹ちゃんの心配を吹き消すように言った。

「しかし、少しおそいですね。なにかあったのかな」

良くかける君はそう言いながら、良くぬれる君が来そうな方向をながめた。

二人が、「まだか」という気持ちで、良くぬれる君が現れそうな方向を見ていると、遠くのほうからこちらに向かって、よたよたと歩いてくる集団が目に入ってきた。なにが来ているのかと見ると、良くぬれる君を先頭にして、その後ろに頭の重そうなきりふきさんたちが続いていた。

美樹ちゃんがうれしそうに「おーい」と声をかけて手をふると、良くぬれる君もそれに応えるように手をふった。

良くぬれる君は近くまで来ると、二人のところにかけ寄ってきた。

「おくれてしまったようで、ごめんなさい」

良くぬれる君が、二人にあやまった。

「ううん、そんなことはないよ。少し心配したけれど、何事もなかったようで本当によかったよ」

美樹ちゃんは、良くぬれる君の無事な姿を見て、安心したように言った。

「いや、もう少し早く来ようと思ったのですが、きりふきさんたちの頭に水をたっぷりと入れてきたものだから、歩くのが遅くなってしまったんです。すみませんでした」

良くぬれる君が頭をかきながら言うと、

「ともかく無事でなにより。さあ、美樹ちゃん。こんぶをきりふきさんたちの頭に入れてしまおう」

と、良くかける君がそう言って、きりふきさんたちの頭のフタを開けはじめた。

美樹ちゃんはこんぶをとりだすと、一枚のこんぶを箱に残して、あとは小さく切って、きりふきさんたちの頭に入れてしまった。

これですべての準備が終わった。あとはナイフ王国の兵士たちを待つだけとなった。

戦いの火ぶたが切られる

美樹ちゃんたちが谷の両側にかくれて待っていると、遠くのほうから隊列を組んで進んでくる兵士たちが見えてきた。

兵士たちが勇ましくU《ユー》字谷に入ってきて、スプリングヒルの入口に来たときに、良くかける君の合図で岩が落とされた。

大きな岩が何個も転がっていき、スプリングヒルの入口をふさいでいった。

「くそー！　やりやがったな。だれだ！　こんなことをしたのは」

ナイフ王国の兵士たちが、両側の丘に目をやりながら、口々にどなり声をあげた。

その声に合わせるように、良くかける君や良くぬれる君の仲間が、左右の丘の上に立って、人の頭くらいの石を兵士たちに投げつけはじめた。

「ちぇ、馬鹿《ばか》なやつらだ。おれたちにそんなものが通用しないと知っているくせに、性懲《しょうこ》りもなくやってやがる」

ナイフ王国の兵士たちは笑い声をあげると、仲間を二手《ふたて》に分けて、丘の上を目指して登りだした。

エンピツ君や絵筆さんたちは、ナイフ王国の兵士たちを丘に上げないように、激しく石を投げつけた。しかし、兵士たちは飛んでくる石をものともせずに進んできた。

そのようすを見ていた良くぬれる君や良くかける君は、「しめた！」と思った。

兵士たちがこちらの思惑《おもわく》どおりに、左右の丘を目指して登りはじめたのだ。

兵士たちが丘の中腹《ちゅうふく》まで上がってきたときに、良くぬれる君が、待機《たいき》していたきりふきさんたちに向かってさけんだ。

「いまだ!　いっせいに吹きかけろ!」

良くぬれる君の声に従うように、きりふきさんたちが丘の上に出てきて、水を吹きかけはじめた。水は霧《きり》のようになりながら、兵士たちの体に降りかかった。

突然《とつぜん》のことに、なにがはじまったのかわからずに、兵士たちは不思議《ふしぎ》そうに立ち止まって見ていたのだが、ただの水を吹きかけられているだけだと思って、また、丘の上を目指して登りはじめた。

兵士たちが頂上近くにきたときに、異変《いへん》が兵士たちを襲《おそ》った。体の動きがぎこちなくなって、手足を交互《こうご》に動かすことができなくなり、手と足を同時に出しながら歩きはじめたのだ。

ある者は手と足が完全に動かなくなって、その場に止まってしまい、体をゆすりながら、なんとか動かそうとさわいでいた。

「おーい。体が動かなくなった。だれか助けてくれー」

一人の兵士がさけぶと、まわりにいた兵士たちもつぎつぎに声をあげた。

「おれもだ。どうなっているんだ」

「うわー！　体に錆《さ》びが出てきた！」

兵士たちは、あわてたように口々にさけび声をあげながら、なんとかこの状態からぬけだそうともがいていた。

それを見ていた良くかける君が、「それー」とばかりに仲間に声をかけて、太い丸太を丘の上からつき落とした。

丸太は動きの悪くなっていた兵士たちを吹き飛ばしながら、下に転がっていった。

ぼこぼこにされた兵士たちは、戦うこともできずに、動かない体を引きずるようにして、谷の外へとにげだした。

王様の登場

その姿を見て、エンピツ君や絵筆さんたちがいっせいに歓声《かんせい》をあげた。

「これでスプリングヒルはだいじょうぶだよね」

美樹ちゃんが安心したように言うと、

「ええ、これで心配はないと思います」

と、良くぬれる君が笑顔で答えた。

二人が喜び合っていると、ドスーン、ドスーンという音が聞こえてきて、何者かが谷間に入ってきた。

それは、いままで見た兵士の三倍はありそうな体と、立派なナイフを頭に頂き、見るからに堂々《どうどう》としていた。

「あーっ！　あれはナイフ王国のナイフ王だ！」

良くぬれる君がさけんだ。

「へー、あれが王様なの。大きいね」

美樹ちゃんはナイフ王を見て、おどろいた顔をしながら言った。

ナイフ王は谷間に入ってくると、丘の上にいるエンピツ君や絵筆さんたちをにらみつけながら、どなり声をあげた。

「おまえら、よくもやってくれたな。おれのかわいい部下たちをあんなふうにしやがって。覚悟《かくご》しろ、いまから全員をひねりつぶしてやる」

ナイフ王はそう言うと、エンピツ君たちが兵士たちに投げつけていた石を拾って、丘の上に向かって投げ返してきたのだ。

その威力《いりょく》のすさまじいことといったら、いままで見たこともないものだった。

ピューッと飛んできた石は岩に当たってくだけ散ると、エンピツ君や絵筆さんの体に当たって傷つけていった。

きりふきさんの頭にもひびを入れてしまい、水は全部流れでてしまった。

「うわー！　危なくて顔も上げることができない。向こうの丘にいる良くかける君はだいじょうぶかな」

美樹ちゃんはそんなことを心配しながら、反対側の丘に目をやった。

良くかける君は、傷ついた仲間を助けつつ、みんなにもっと後ろに下がるように言っていた。そこに飛んできた石が木に当たり、大きな枝が折れて、良くかける君の上に落ちてきたのだ。良くかける君はそれを避《さ》けようとして、飛びのいたときに足をすべらせて、谷に転がり落ちてしまった。

良くかける君が落ちたところは、ナイフ王の目の前だった。ナイフ王は良くかける君を見ると、「ふみつぶしてやる」と言いながら、近寄ってきたのだ。

良くかける君は向かってくるナイフ王を見て、「あわわー」と言いながら、動くことができずにいた。

それを見た美樹ちゃんは、丘の上に飛びだして、箱の中に残っていたこんぶを刀のようにぬきだし、箱を捨てると、刀をかまえるようにしながらナイフ王に大声で言った。

「お待ちなさい！　わたしが相手よ」

その声を聞いたナイフ王が、美樹ちゃんのほうにふり向いた。その間に良くかける君はその場をにげだした。

ナイフ王の怒《いか》り

「なんだおまえは？　変なやつだな。ここの国の者ではないな。それに、その手ににぎられている小さなものはなんだ？　そんなものでこのおれと戦うつもりでいるのか」

美樹ちゃんは、ナイフ王の言葉に胸を張って言い返した。

「そうよ。これは、こんぶって言うのよ。これであなたの兵士をやっつけたのよ」

美樹ちゃんの言葉におどろいた顔になった王様だったが、つぎに怒《いか》りの顔になっていき、美樹ちゃんにどなり返した。

「なに！　おまえがやったのか。おのれ、ゆるせん！　ぎたぎたにしてやるから、そこで待っていろ！」

ナイフ王はそう言い放つと、ものすごい勢《いきお》いで美樹ちゃんに向かってきた。

ドスンドスンと足をふみ鳴らし、地面をゆさぶりながら来るナイフ王を見て、美樹ちゃんは「あわわー」と声を出してしまった。

ナイフ王は、大きな体と立派《りっぱ》なナイフを持っていた。それにくらべると、美樹ちゃんの持っているものは小さなこんぶだけなのだ。

美樹ちゃんはナイフ王に背を向けると、一目散《いちもくさん》ににげだした。

「あっ、こらー！　にげるな！　おれと勝負しろ！」

ナイフ王がさけんだ。

「馬鹿《ばか》なことを言わないで！　待てるものですか。あなたの大きな足でふみつけられたら、わたし、のしイカになっちゃう」

美樹ちゃんはそんなことを言いながら、追いかけてくるナイフ王をあちらこちらとかわしながら走り続けた。

ナイフ王も、その立派《りっぱ》なナイフをふりかざしながら追いかけたのだが、結果は岩をくだき、木を切り倒しただけだった。

一度は美樹ちゃんをせまい場所に追いこんだのだが、美樹ちゃんはわきをすりぬけるように見せかけて、にがさないようにとナイフ王が体を動かしたすきを見て、ナイフ王の股《また》の下をくぐりぬけて、またにげだしたのだ。

ナイフ王は、美樹ちゃんが股《また》の下をくぐりぬけるときに、あわてて手でつかもうとしたのだが、体のバランスをくずしてひっくり返ってしまった。

転んでしまったナイフ王は、真っ赤な顔をしながら立ちあがると、にげていく美樹ちゃんに向かって吠《ほ》えた。

「ちきしょう！　ちょこまかちょこまかと動きまわりやがって！　もう頭にきたぞ！」

ナイフ王はそう言うと、猛然《もうぜん》と美樹ちゃんのあとを追って走りだした。

息を切らしながら美樹ちゃんが走っていると、だれかが自分を呼んでいる声が聞こえてきた。どこから声がしているのだろうと思って見まわしてみた。

良くぬれる君が、崖《がけ》の上に立って呼んでいるのに気がついた。どうやら「崖《がけ》の下を通れ」と言っているようなので、美樹ちゃんはその下を必死で走りぬけた。

ナイフ王が美樹ちゃんを追って、その下を通りぬけようとしたとき、崖《がけ》の上にいた良くかける君が、仲間と一緒に大きな岩をつき落としたのだ。

岩はまっすぐにナイフ王の頭に向かって落ちた。ガッシャン！　ドスーン！　という音がして、美樹ちゃんがふり向くと、ナイフ王が岩につぶされていくところだった。

美樹ちゃんはその光景を見て、思わず「やったー！」とさけんだが、つぎの瞬間《しゅんかん》「あわわー」と言ってしまった。

ナイフ王をつぶした大きな岩が真っ二つに割れて、ナイフが飛びだして岩がバラバラにくだけ散ると、ナイフ王の怒《いか》りに満ちた顔が現れたのだ。

ナイフ王は「よくもやったな」というように崖《がけ》の上をにらみつけると、くだけた岩を手にとって、良くかける君たちに向かって投げつけた。

良くかける君たちはその攻撃《こうげき》を受けると、クモの子を散らすようににげだした。

「ヒャー、あれは映画に出てきたロボットみたいに、本当に頑丈《がんじょう》にできているんだ」

美樹ちゃんは自分が追われているのもわすれて、ナイフ王のすごさに感心していたが、ナイフ王と目が合ったとたん、「うわー」と声をあげて走りだした。

「くっそー、よくもこのおれを馬鹿《ばか》にしやがって！　おまえだけは絶対にゆるさないぞ！」

ナイフ王はそう言うと、また、美樹ちゃんのあとを追いかけて走りだした。

しばらく走っていた美樹ちゃんを、また、呼ぶ者がいた。今度は良くぬれる君で、美樹ちゃんは迷わずそこに向かって走った。

美樹ちゃんが良くぬれる君のかくれているところに近づくと、一本の太いつるが目に入った。良くぬれる君がなにをしようとしているのかわかった美樹ちゃんは、良くぬれる君のかくれている場所を素通りしたのだ。

ナイフ王は、美樹ちゃんを必死で追いかけていた。そして、良くぬれる君たちの待ちかまえている場所に来たときに、良くぬれる君が仲間に合図をした。それまで見えなかったつるが、突然《とつぜん》ナイフ王の足もとに現れたのだ。

ナイフ王は現れたつるに足をとられてしまった。勢《いきお》いがあったので、良くぬれる君たちは引きずられそうになったが、なんとかふみとどまった。

ナイフ王はつるに足をひっかけると、フワーッと飛びあがって、美樹ちゃんを飛びこすと、頭から地面に落ちてしまい、頭のナイフが地面につき刺《さ》さった。

それを見た良くぬれる君たちや、かけつけた良くかける君たちは、つるをナイフ王の手足にひっかけてしばりつけようとした。

ナイフ王はなにかをどなりながら、なんとかこの状態からぬけだそうともがいた。

ナイフ王が動けないのを見た美樹ちゃんは、今がチャンスとばかりに、ナイフ王の地面から少し出ているナイフにこんぶでふれまくり、今度は右足もこんぶでふれまくった。

「なにをしているのだ！　この変なやつ！」

ナイフ王はどなった。そして、引っ張られている手足に満身の力をこめて、地面を蹴《け》った。

ズボーンというような音がして、地面からナイフがぬけた。ナイフ王は、頭のナイフをふり回してつるを切った。

美樹ちゃん危機《きき》一髪《いっぱつ》

良くぬれる君たちや良くかける君たちは、つるが切られると「ウワー」と言いながらにげだした。美樹ちゃんもにげようとしたのだが、ナイフ王が美樹ちゃんにナイフをふり落としてきたのだ。

あわてて岩と岩の間ににげこんだが、その場所がとんでもないところだと気がついた。そこは三方を岩に囲まれた場所で、岩は高さがあって登れそうになく、開いているほうにはナイフ王の怒《いか》りに満ちた顔があって、恐ろしい目で美樹ちゃんを見ていたのだ。

「うわー、美樹ちゃん絶体絶命《ぜったいぜつめい》になっちゃった」

なんとかにげられないものかと思った美樹ちゃんは、もう一度まわりを見たが、岩は高くて登れそうになかった。良くぬれる君も良くかける君も助けようときていたが、間に合いそうもなかった。

ナイフ王は、腹の底からうれしそうな笑い声をあげながら、美樹ちゃんに言った。

「やっとつかまえたぞ。さて、どうやって料理してやろうか」

ナイフ王はその大きな目をギョロつかせながら立ちあがると、美樹ちゃんをつかまえるために足をふみだそうとしていた。

一方　美樹ちゃんは小さなこんぶを両手でしっかりとにぎりしめて、「ひぇー」と言いながら立っていた。

ナイフ王が右足を一歩ふみだした、そのときだった。変な音がして、ナイフ王の右足がグニャーと曲がってしまったのだ。

ナイフ王はおどろいたような声を出して、体のバランスを保とうとしたのだが、結局、手をばたつかせながら美樹ちゃんの上におおいかぶさるように倒れこんできた。

美樹ちゃんはそれを見て、悲鳴をあげながら横の岩にへばりついた。ザックーン！ガーッ！　ドスン！　という音とともに、土ぼこりがもくもくと舞いあがった。

美樹ちゃんがこわごわ薄目《うすめ》を開けると、ナイフ王の刃と岩のわずかなすき間に自分が立っていることがわかった。

急いでこの場からにげないといけないと考えた美樹ちゃんは、刃を足場にして、ナイフ王の肩《かた》に上がった。

そのとき、ナイフ王の手が伸びてきて、美樹ちゃんをつかまえたのだ。

ナイフ王は美樹ちゃんをつかんだまま、体の半分を起こして、自分の足になにが起こったのかを見た。

足の一本が、みごとなほどに錆《さ》びついて、変な形に曲がっていた。

「うわー、おれの足が錆《さ》びついている！　なんで？　なんでこうなってしまったんだ？」

ナイフ王が自分の足の変わりようにおどろいていると、今度は頭にあるナイフに異《い》変《へん》が起こっていることに気がついた。むずむずする頭のナイフをおそるおそる空いている手でふれてみると、なにかがはがれ落ちてきたのだ。

はがれたものを目にしたナイフ王が、悲鳴のような声をあげた。

「うわー！　おれの命より大事な刃が、錆《さ》びでボロボロになっている」

美樹ちゃんは、ナイフ王の刃がなんでそうなったのかわかった。ナイフ王の肩《かた》に上るときに、こんぶで刃にさわったからだ。

美樹ちゃんはそれを見て「いまだ！」と思った。こんぶを片手に持ってつきだすと、ナイフ王に大きな声で言ってやった。

「それはわたしがやったのよ、このこんぶで。なんならあなたの顔にある立派な鼻を、錆《さ》びだらけにしてあげましょうか」

ナイフ王は美樹ちゃんの話を聞くやいなや、顔が真っ青になり、「うわー」と言って、にぎっていた美樹ちゃんを放りだした。

突然《とつぜん》放りだされた美樹ちゃん。おしりを強く打ったが、すぐに立ちあがりながら、こんぶをかまえて言った。

「よくもやったな。さあ、いらっしゃい！」

ナイフ王は美樹ちゃんに言われると、土下座《どげざ》をするような格好《かっこう》になって、頭をペコペコと下げながら、美樹ちゃんにゆるしを請《こ》いはじめたのだ。

すでに足は錆《さ》びがまわり、王の威厳《いげん》を示す頭のナイフも、錆《さ》びでぼろぼろになってしまっていた。

そのようすを見て、美樹ちゃんはナイフ王に、「今後、二度と悪いことをしないと誓《ちか》える？」と聞いた。「もし、それができるならゆるしてあげるよ」と言った。

ナイフ王は美樹ちゃんに、「今後は弱い者いじめや、自分たちの刃の切れ味を試すために、他国に行って暴れたり、他人の迷惑になることはいっさいいたしません」と誓《ちか》った。

それを聞いて美樹ちゃんは、ナイフ王をゆるして、にがしてやった。

ナイフ王はこわれた傘《かさ》のおばけのような感じで、片足でピョーンピョーンと跳《は》ねるようににげていった。

ナイフ王の去ったあと、良くかける君と良くぬれる君が美樹ちゃんにかけ寄って、美樹ちゃんを高々《たかだか》と持ちあげて、喜びの声をあげた。

仲間たちも美樹ちゃんのまわりに集まって、歓声《かんせい》をあげながら、美樹ちゃんへの感謝の気持ちを口々にさけんだ。

お別れのとき

戦いが終わってから、美樹ちゃんは良くかける君と良くぬれる君に、スプリングヒルの谷間を案内してもらった。

その谷間におかれていた本や絵は、どれもとてもすばらしいものばかりだった。これらのものが破壊《はかい》から救われたことを、美樹ちゃんは心からうれしく思った。

美樹ちゃんは良くかける君と良くぬれる君に連れられて、スプリングヒルの長老《ちょうろう》に会いにいった。長老《ちょうろう》は美樹ちゃんを歓迎《かんげい》して、感謝の言葉を述べた。

長老《ちょうろう》と話をしたときに、この世界のことをもっと知りたいと思った美樹ちゃんは、長老《ちょうろう》にたずねてみた。

たずねられた長老《ちょうろう》は、笑顔でうなずきながら話しはじめた。

その話によると、この世界は、世界中の子供たちに夢や希望、それに勇気や人を思いやる心を持ってもらうために、良くかける君や良くぬれる君の書いた本や絵を、スプリングヒルの中にあるスピリングマウンテンの山頂から、七色の光にして、世界中の子供たちに夢として見せているそうだ。

その話を聞いた美樹ちゃんは、あることを思いだした。自分もいろいろな夢を見て、やさしさや思いやりの大切さを感じたことがあったのだ。

美樹ちゃんは、良くかける君や良くぬれる君に会って、この世界に来られたことを本当によかったと思った。

そして、これからもこの世界が子供たちのために働いてくれることを願った。

谷間がよく見える丘に登った美樹ちゃんは、少しつかれていたので、石の上に腰《こし》をおろした。まわりの景色をながめているうちに眠《ねむ》くなってきて、しだいにまぶたが重くなり、いつのまにか眠《ねむ》りだした。

そのようすを横からながめていた良くかける君が、親しみをこめた顔で言った。

「つかれていたのですね、美樹ちゃんは」

「そうですね。よく動きまわっていたから……。本当にごくろうさまでした」

良くぬれる君が、美樹ちゃんの寝顔《ねがお》を見ながらほほえんだ。

「美樹ちゃん、ありがとう。これで、わたしたちの国は救われました」

良くかける君が、寝《ね》ている美樹ちゃんに心からお礼を言った。

いい気持ちで寝《ね》ていた美樹ちゃんを、呼ぶ人がいた。なんども美樹ちゃんを呼んでいるようで、その声に少し怒《いか》りがまじっていた。

ぼーっとした顔をあげた美樹ちゃんは、自分がいままでなにをしていたのかを考えた。しかし、なにも思いだせなかった。

「美樹！　美樹！　いつまで本を読んでいるの。ごはんの時間よ、早く降りてらっしゃい」

少しいらだったお母さんの声を聞いた美樹ちゃんは、我に返って、お母さんに「すぐに降りていく」と返事をした。

目が覚めた美樹ちゃんは、あらためて自分がなにかをしていたような気がしたので、思いだそうとしたのだが、なにも思い浮かんでこなかった。しかし、心のどこかで自分がわくわくするような冒険をしていたような気がしていたのだ。思いだそうとしたが、やっぱり思いだせないので、仕方なく部屋を出て階段《かいだん》を降りていった。

机の上にあった本が、開かれていた窓から入ってきた風でパラパラとめくれた。

開いたページに良くかける君と良くぬれる君がいて、美樹ちゃんがおいていった塩こんぶの箱を持って、感謝するようなまなざしで見ていた。
机の上には、木の皮で編んで作った小さな靴《くつ》がおかれていた。

あ、そうそう、わすれていた。
最初に錆《さ》びだらけにされたハサミ頭とナイフ頭、それにホチキス頭は、良くかける君の仲間たちによってみがきあげられて、油をさされて元気な姿にもどった。三人は心から謝《あやま》って、国に帰っていったそうだ。

おわり

あとがき

私は、長崎でたい焼き屋をやりながら、占いをしています。みんなからは「たい焼き占いのおじさん」と呼ばれています。

この作品は、私が48歳のときに書いたものです。きっかけは、ある女子に勧められたからです。書くことが苦手な私が、できるかな……と思いつつ書いたのが『美樹ちゃん本の国へ行く』です。

いろいろあって本にできず、押し入れの中に眠っていたのを、この歳になって本にしたいと思い、世に出してみることにしました。

この本が、みなさんに楽しく読んでもらえることを願っています。

著者プロフィール

丸尾 健一（まるお けんいち）

1954年２月生まれ。長崎市在住。若い人たちと語らいながら、占ってあげるのが好き。占いは手相、気学、姓名判断。

カバー・本文イラスト　いまい かよ

イラスト協力会社／株式会社ラポール イラスト事業部

美樹ちゃん本の国へ行く

2023年７月15日　初版第１刷発行

著　者　丸尾 健一
発行者　瓜谷 綱延
発行所　株式会社文芸社
〒160-0022 東京都新宿区新宿1－10－1
電話 03-5369-3060（代表）
03-5369-2299（販売）

印刷所　図書印刷株式会社

ISBN978-4-286-24156-2